La plus grosse bêtise

Du même auteur, dans la même collection :

La vraie princesse Aurore
Le vrai prince Thibault

Évelyne Brisou-Pellen
Illustrations de Loïc Schvartz

La plus grosse bêtise

RAGEOT

Pour Hugo.

ISBN 978-2-7002-3529-6
ISSN 1951-5758

© RAGEOT-ÉDITEUR – PARIS, 1999-2008.
Tous droits de reproduction, de traduction et d'adaptation
réservés pour tous pays.
Loi n° 49-956 du 16-07-1949 sur les publications
destinées à la jeunesse.

J'aurais dû m'en douter depuis le début, que ça tournerait mal. J'ai toujours été la cinquième roue du carrosse, celle qui ne sert à rien. Maintenant, j'ai bien peur que tout soit fichu pour moi.

Assis dans mon coin, l'œil morose, je contemple les barreaux qui me séparent du monde. Je n'ai pas le moral. J'ai peur d'avoir fait la plus grosse bêtise de ma vie.

L'enlèvement

Je ne me rappelle pas exactement quand je suis né (je ne suis pas très porté sur les chiffres) mais lorsque je suis arrivé dans cette famille, ils étaient déjà quatre. Il y avait un grand costaud, avec une voix tonnante qui m'impressionnait. On l'appelait papa.

Ensuite, une dame blonde dont les chaussures faisaient tac, tac quand elle marchait, c'était maman. Les deux autres étaient plus petits, plus braillards. Leurs noms, j'ai eu un peu de mal à les apprendre : Julian et Coline.

Si j'ai eu du mal, c'est qu'ils s'appelaient entre eux « pauv'crêpe » ou « pignouf », ou « tartouille », ou « faux derche », alors que ce n'est pas leur vrai nom. Et même, ils n'ont pas le droit de dire ces mots : quand papa et maman les entendent, ils se mettent en colère et, parfois, les punitions tombent.

Moi, dans ce cas, je me tiens à carreau dans mon coin. Pas un poil qui dépasse. Ça prouve que, s'il y a quelqu'un de raisonnable dans cette maison, c'est bien moi.

Papa me faisait très peur au début. Il faut dire que c'est lui qui m'a kidnappé.

Il est arrivé dans la cour où je jouais avec mes frères et sœurs. Traîtreusement, il a d'abord caressé tout le monde. Nous, on n'était pas méfiants, en ce temps-là. Il suffisait que quelqu'un nous fasse des papouilles et on devenait son copain.

Bref, papa nous a soulevés de terre un par un entre ses grandes mains, comme pour jouer, et puis moi (pourquoi moi?), il m'a gardé dans ses bras. Et il est parti.

Quand je me suis rendu compte de ce qui se passait, et que tous mes frères et sœurs continuaient à s'amuser là-bas, je me suis mis à hurler. Rien n'y a fait. Papa m'a collé dans la voiture et il a claqué la portière.

C'est comme ça que j'ai débarqué chez eux.

Les premiers temps, ils ont vraiment été gentils avec moi : ils voulaient que je m'habitue. Ils s'inquiétaient de savoir si j'avais faim, ou si j'avais soif, ils me faisaient des câlineries. Moi, à certains moments je rigolais, mais à d'autres je me rappelais mes frères et sœurs et je pleurais très fort. Surtout la nuit.

Parce que, la nuit, j'étais seul et c'était terrible. Je n'avais pas droit à une chambre comme les autres, ni à un simple lit ; je devais coucher dans le couloir.

Par bonté d'âme, on m'avait quand même posé par terre une sorte de coussin. Je ne me souviens plus bien de ce coussin, parce qu'on a dû le changer ensuite : il était devenu trop petit.

En tout cas, j'ai très vite compris que, dans cette maison, je ne serais pas traité comme les autres. Je n'avais pas le droit de sortir seul. Je n'avais pas le droit de pleurer, pas le droit de manger à table. Je n'avais pas le droit d'entrer dans les chambres, je n'avais pas le droit de m'asseoir dans les fauteuils et mille autres brimades que je vous passe sous silence.

Heureusement, depuis, à force de ruse, j'ai réussi à obtenir quelques avantages, dont celui d'avoir plusieurs coussins (un dans le salon et un dans la cuisine) et, en plus, de pouvoir m'installer sur le canapé entre papa et maman pour regarder la télé. Mais ça, j'y reviendrai.

Quelle famille !

À présent, papa ne me fait plus peur du tout. C'est le genre distrait, qui a toujours perdu quelque chose. Souvent, il se met à crier dans la maison :

– Personne ne sait où sont mes lunettes ?

Ou alors :

— Est-ce que quelqu'un a vu mes clés de voiture ?

Quand j'entends parler de voiture, je lui colle aussitôt au train. Parce que j'adore la voiture et, s'il cherche ses clés, c'est qu'il a une bonne raison. Je ne sais pas où il veut aller, mais j'ai bien l'intention d'y aller avec lui.

Quelquefois, il me demande, même à moi :

— Tu n'aurais pas aperçu mon carnet de chèques ?

Enfin ! Je ne suis pas responsable de ses affaires, moi ! Je n'en sais rien. Et d'ailleurs, je ne suis pas assez grand pour voir sur les étagères.

Maman, c'est plutôt le genre raisonnable et organisé. Trop. Pas question que je mange entre les repas, pas question qu'on me donne du sucre, des bonbons, du chocolat (pour ma santé, paraît-il). Pas question que je joue avec les jouets de Coline (pour la santé des jouets), pas question que je coure dans la maison (pour la santé des vases et des plantes vertes). Son expression favorite est :

– Si tu as besoin de te défouler, va donc dans le jardin.

Le jardin, ce n'est pas marrant quand il n'y a personne dedans !

Le troisième de la famille, Julian, est encore un autre cas : un véritable enquiquineur. Il m'arrive dessus par-derrière pour me faire peur et me file une claque sur les fesses. Franchement agaçant.

C'est aussi le style à me crier dans l'oreille :

– Réveille-toi, Pupuce, il est l'heure d'aller dormir !

Parce qu'en plus ils m'appellent comme ça dans cette famille ! Mon nom, celui qui est inscrit noir sur blanc dans mon carnet de santé, c'est « Hilaire du Harcouët », et eux, ils m'appellent « Pupuce », je ne vous dis pas le ridicule. Passons…

Je dois reconnaître que Julian a aussi ses bons côtés, et qu'il partage facilement une tablette de chocolat avec moi sans penser que je n'y ai pas droit.

La suivante dans la famille, juste avant moi, c'est Coline. Elle est plutôt gentille, bien que parfois un peu chipie. Il y a des jours où elle me laisse entrer en fraude dans sa chambre et même dormir sur son lit, alors que d'autres fois, quand elle est avec ses copines, elle me regarde à peine. Elle peut aller jusqu'à me virer de la chambre sous le vague prétexte que je n'arrête pas de bouger et que ça les dérange, ces demoiselles, pour jouer au Monopoly. Soi-disant que je ne fais que des bêtises. Elle dramatise toujours !

Que j'aie marché sur le jeu, par inadvertance, je ne dis pas... Mais aussi, elle le pose par terre ! Ce n'est pas de ma faute !

Que j'aie mâchonné par distraction une maison du jeu, je le reconnais. Ce n'est pas une raison pour me faire la gueule !

Enfin... Dans cette maison, on a plutôt intérêt à avoir bon caractère et à ne pas être rancunier. J'ai un peu de peine à le dire, mais ils sont extrêmement racistes. J'en ai eu une nouvelle preuve tout récemment. Je courais en regardant derrière moi Julian qui me poursuivait et n'arrivait pas à me rattraper, quand je me suis cogné de plein fouet dans un poteau en ciment. J'en suis resté groggy un moment.

Ils se sont un peu inquiétés (quand même); pourtant, au lieu de me mettre au lit et d'appeler le docteur comme ils auraient fait pour Julian ou Coline, ils m'ont couché dans la voiture et emmené chez le vétérinaire.

Vous vous rendez compte ! Pas de docteur pour moi. Juste le vétérinaire !

Et tout ça sous prétexte que je suis un chien !

Remarquez, le vétérinaire est plutôt sympa. Le problème, c'est que chez lui on rencontre vraiment n'importe quoi (il faut voir la salle d'attente pour le croire!) et qu'on puisse me trouver la moindre ressemblance avec un hamster ou un canari me sidère. Pour tout dire, je trouve ça inexplicable. Et vexant.

Le vétérinaire ne m'appelle pas Pupuce, mais Hilaire, ce qui le rachète un peu et, lui, il a l'air de me comprendre. Quand papa lui rapporte mes bêtises, il ne me gronde pas, il rit. D'ailleurs, « bêtises », c'est vite dit! Si je vous racontais, vous seriez d'accord avec moi pour trouver que, vraiment, ils exagèrent!

Un monde incompréhensible

Vous n'imaginez pas le nombre de choses qu'il faut connaître pour ne pas se faire gronder sans arrêt.

Par exemple, si je creuse un trou, parfois on me traite de tous les noms :

– Quoi? Sale voyou! Tu as encore fait un trou dans le parterre de primevères?

Parfois, j'entends juste dire dans mon dos :

– Tiens, Pupuce a fait un trou dans le tas de sable.

Comme je vous le dis : incompréhensible.

Quand j'ai envie de vomir, je n'ai pas intérêt à me laisser surprendre dans un mauvais endroit. L'autre jour, à cause (je crois) des os que j'ai avalés tout rond en vitesse (parce qu'ils dépassaient d'une poubelle et que j'étais sûr que papa m'interdirait d'y toucher), j'ai été pris de spasmes affreux et j'ai vomi sur la moquette du bureau.

La situation était un peu délicate, surtout que je ne suis pas autorisé à entrer dans le bureau, à cause de la moquette justement : il paraît qu'elle est fragile et que j'y laisse des poils. C'est ma faute, à moi, peut-être ?

Bon. Donc j'avais vomi sur la fameuse moquette, je me suis pris un savon et la moquette aussi (elle, au sens propre).

En revanche, la semaine dernière, j'ai vomi dans la cuisine, près de la porte qui donne sur le jardin, et on ne m'a pas grondé.

Maman s'est inquiétée :

– Eh bien Pupuce, qu'est-ce qui t'arrive, tu ne te sens pas bien ?

Et ils se sont reproché de ne pas avoir remarqué ma mauvaise mine et de ne pas m'avoir ouvert assez vite la porte du jardin.

Allez comprendre ! Si je vomis sur le carrelage, on me plaint, si je vomis sur la moquette, non seulement on se fiche pas mal que je sois malade, mais en plus j'en prends pour mon grade, du genre :

– Qu'est-ce que tu faisais là, d'abord ? Et quelle cochonnerie est-ce que tu as encore avalée ?

Et cetera, et cetera.

Moi, j'aime bien manger, ce n'est pas de ma faute !

Aujourd'hui, je me trouve pourtant très raisonnable : j'évite les choses qui sentent mauvais, parce qu'ils repèrent tout de suite que je suis allé fouiller dans une poubelle. On n'a pas le droit de fouiller dans les poubelles, à ce qu'il paraît.

Pour certaines bêtises je suis juste grondé (pas marrant mais tolérable), pour d'autres je suis carrément puni et consigné sur mon coussin, sans autorisation de remuer un ongle.

Mon coussin, d'abord, il est trop petit (… enfin, plus petit que le canapé du salon), mais personne ne semble s'en soucier. Il est trop mince (… enfin, plus mince que le matelas de Coline), et tout le monde s'en moque. Il est trop loin de papa et maman (au moins à deux mètres) et ça ne leur fait ni chaud ni froid. Moi, ça me fait froid. Je n'aime pas être loin. C'est mon droit, non ?

Je déteste mon coussin.

Si encore on pouvait savoir d'avance ce qui sera une bêtise ! Mais la famille, c'est le genre « fais ce que je dis, ne fais pas ce que je fais ». D'une injustice criante.

Par exemple, il est formellement interdit de faire pipi dans la maison. Même quand il pleut à verse dehors, on vous oblige à sortir.

Et eux, est-ce qu'ils sortent faire pipi dehors ? Jamais.

Quand mamie arrive, Coline lui saute au cou et elle l'embrasse. Et mamie s'exclame :

– Bonjour, ma petite chérie adorée !

Moi j'aime bien mamie, alors je lui pose aussi mes pattes avant sur les épaules.

Elle ne m'appelle pas « mon petit chéri », elle s'écrie :

– Oh ! Pupuce, tu es trop lourd, tu vas me renverser !

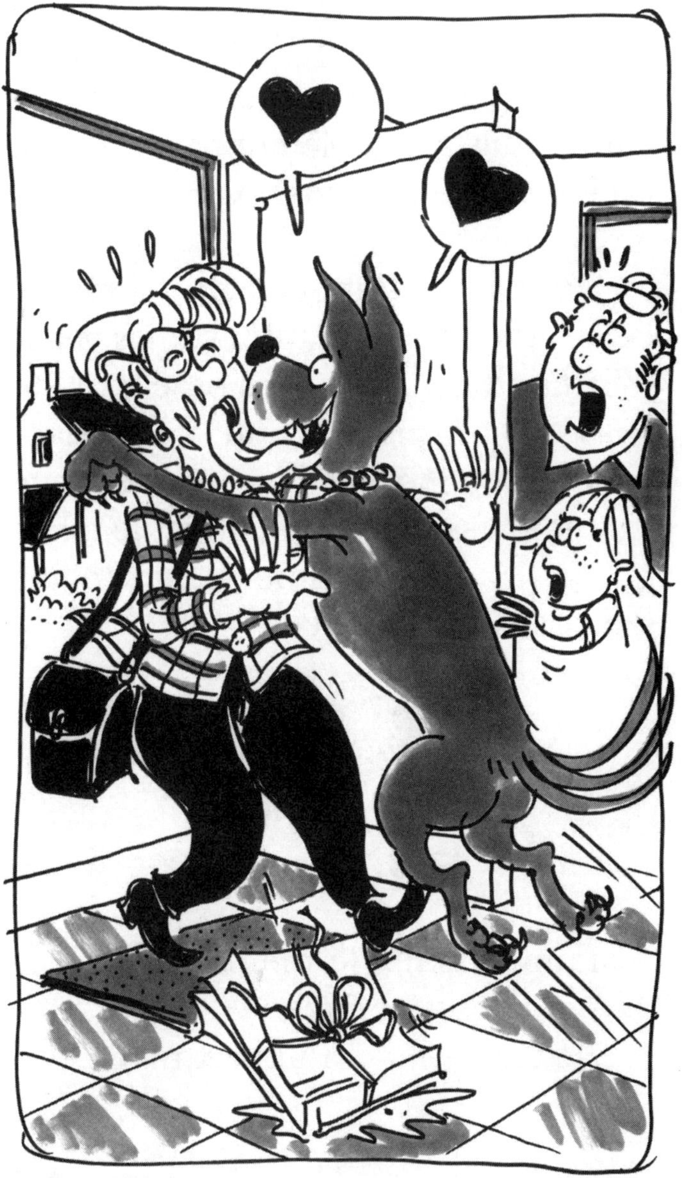

Voyez. J'agis exactement comme les autres et ils ne le tolèrent pas. C'est du racisme pur. En plus, papa prend sa grosse voix :

– Bon sang, Pupuce ! On t'a répété cent fois de ne pas sauter sur les gens !

Et là, je me sens tout péteux. Tête basse, je tourne en rond, ne sachant plus où me mettre. Le pire, c'est que j'ai l'impression d'être coupable, alors que je suis juste victime, victime d'une monstrueuse injustice.

Mamie essaie de me consoler. Elle dit des choses comme :

– Je t'aime bien, Pupuce, mais…

Dans les gentillesses qu'on me consent, on glisse toujours des « mais ».

– ... Mais tu es trop grand et trop gros, tu risques de me faire tomber.

Trop grand ? Trop gros ? Voilà comment on arrive à bourrer de complexes un pauvre chien tout ce qu'il y a de normal.

Je vous le dis : rien à y comprendre. Surtout qu'à d'autres moments je vois qu'ils ont grand besoin de moi. Ainsi, lorsque papa rentre du travail, que maman est occupée à vérifier les devoirs de Julian et que Coline est devant la télé, il n'y a que moi à l'accueil. Alors, papa me gratte derrière les oreilles, comme j'aime, et il dit :

– Heureusement qu'il y a le chien pour dire bonjour, ici !

Vous voyez !

c'est dur de grandir

Quand j'étais petit, j'adorais déchiqueter des choses. Eh bien vous n'imaginez pas comme il est difficile de faire la différence entre ce qui est autorisé et ce qui est défendu.

Ce qui est autorisé : certains objets en caoutchouc sans aucun goût et les vieilles branches dans le jardin.

Ce qui est interdit : en gros, tout le reste.

Maintenant, je le sais, mais dans mon enfance, j'ai eu quelques problèmes.

Il faut dire qu'on me laissait parfois seul dans la maison une demi-journée entière! Moi, il fallait bien que je m'occupe pour tuer le temps. J'ai horreur de rester seul.

Au début, je me mettais à hurler. Je me suis vite rendu compte que ça n'avançait à rien puisque personne ne venait, et que ça faisait mal à la gorge. Alors je me débrouillais pour trouver une porte qu'on avait mal fermée et quelque chose à grignoter.

J'adorais mâchonner. Et puis, j'y étais bien obligé, surtout au moment où j'ai perdu mes dents de lait et où les autres commençaient à pousser, car j'avais mal et que je voulais calmer la douleur.

Je me suis ainsi offert le couvre-lit de papa et maman. Ça apaisait les gencives et ça faisait un scrouitch très agréable en se déchirant.

Après, quand papa et maman sont rentrés, les bruits ont été moins agréables. Des hurlements.

– Vilain !
– Voyou !

Et même des horreurs comme « sale clébard », « marre de ce chien », « conneries en stock » et j'en passe.

J'ai tenté le coup de l'œil humide et innocent… ça n'a pas marché. Je me suis pris une fessée avec un journal plié. En réalité, ce n'est pas vraiment douloureux, mais le bruit des coups est effrayant. Je déteste.

Une autre fois, ils ont décrété que je n'aurais pas dû manger le coussin, ni le vieil ours en peluche de Coline (il n'était même pas vivant, franchement...!).

Par contre, si je déchiquetais la balle de caoutchouc posée sur mon coussin, on ne m'adressait pas le moindre reproche. Sauf que, la balle m'appartenant, je la connaissais bien, et c'était moins rigolo.

Il ne fallait pas non plus faire caca dans le salon ni sauter dans la baignoire pleine d'eau avec les enfants.

Tout cela paraissait tellement difficile à saisir que j'en étais à moitié traumatisé. Quand la porte de la maison s'ouvrait, je serrais aussitôt les fesses en essayant de passer en revue mes activités de la journée : est-ce que, malencontreusement, je ne m'étais pas laissé aller à quelque chose d'interdit ? Est-ce que quelqu'un pouvait le remarquer ? Difficile à savoir.

Tiens ! Ce fameux jour où j'étais rentré tout crotté parce que j'avais pataugé dans le ruisseau qui passe au fond du jardin… Maman m'a ordonné d'un ton sans réplique de rester sur le paillasson le temps de me sécher, et puis elle est partie.

Moi, le paillasson, il ne me plaît qu'à moitié. C'est dur et ça gratte. En plus, on y sèche très lentement parce que ça n'essuie rien du tout. Or je connaissais quelque chose qui essuyait beaucoup mieux que ça, et qui me sécherait en deux temps trois mouvements.

Comme il n'y avait plus personne dans la maison, j'ai tenté une percée du côté des chambres. Celle de Coline ferme très mal : un bon coup de museau bien appliqué, et elle cède. J'ai regardé quand même de chaque côté, avec un petit pincement au cœur comme à chaque fois que je fais quelque chose d'interdit, et basta ! j'ai sauté sur la couette blanche.

Quand j'ai entendu la porte de la maison s'ouvrir, j'ai piqué un cent mètres pour regagner mon coussin. Ni vu ni connu.

Coline est entrée, elle m'a grattouillé le cou en me disant des mots gentils, elle a partagé son goûter avec moi, et puis elle est allée dans sa chambre faire ses devoirs. Et là, elle a poussé un cri.

J'ai pris des coups de journal et je suis resté consigné sur mon coussin le reste de la soirée. Mais enfin, comment ils ont pu savoir ?

Depuis, je me méfie beaucoup : dans ma famille, ils ont un sixième sens.

Pour les bottes de maman, le cas est un peu différent : j'avais commis l'erreur de laisser la botte déchiquetée au milieu du couloir. Je me suis fait appeler Nestor.

Si cette affaire m'a révolté, c'est que je n'ai pas compris pourquoi maman faisait tant d'histoires au sujet d'une malheureuse botte mordillée. Elle en avait une autre, de botte, exactement la même, et je n'y avais pas touché !

Bon, tout ça c'était autrefois. Maintenant, grâce à une attention quotidienne, j'arrive à sentir ce qui me vaudra des félicitations et ce qui se finira par un coup de pied au derrière.

Enfin, quand je dis « maintenant », je veux dire jusqu'à hier, car aujourd'hui tout est fini, je le vois bien. Quand je regarde autour de moi, je me retiens pour ne pas craquer : des deux côtés de l'allée de béton, des cages, des cages et encore des cages. Avec des chiens, des chiens, et encore des chiens.

Et moi, au milieu de tout ça. Je fais celui qui s'en fiche, mais je ne m'en fiche pas.

Pourtant, j'avais fait des progrès, bon sang! Surtout depuis l'affaire de la bague.

Tiens l'affaire de la bague : voilà une sacrée drôle d'histoire, une véritable énigme. De la prestidigitation !

La blague de la bague

Un matin, j'essayais de faire ma sieste (j'ai besoin de dormir, moi!) et malheureusement maman n'arrêtait pas de s'agiter. Elle arpentait la maison en poussant des soupirs. Pas moyen de fermer l'œil. Enfin, elle a soulevé ses deux bras de chaque côté, comme toujours lorsqu'elle est embêtée, et elle a lancé :

– Personne n'a vu ma bague de fiançailles ?

D'habitude, c'est papa qui pose ce genre de question à la cantonade. Bon. Ça ne me concerne pas : je ne sais même pas ce qu'est une bague de fiançailles.

Enfin... Comme je suis de bonne volonté, je me lève, je vais, je viens, je cherche : j'aime bien me rendre utile.

– Je ne comprends pas ! s'exclame finalement maman. Je l'avais pourtant posée sur ma table de nuit.

Pas de problème : la table de nuit, je ne sais pas non plus ce que c'est.

Maman s'approche de son lit et reprend :

– Elle était là.

Et elle désigne une petite table.

Hum… C'est ça, la table de nuit ?
Maman répète :
– Là ! en posant son doigt sur le meuble.

Hum… Si une table de nuit, c'est ça, je suis en train de me demander si une bague de fiançailles, ce n'est pas un truc brillant, rond… Parce que moi, euh… j'en ai avalé un, truc brillant, qui traînait là. Même que je l'ai trouvé un peu dur et sans aucun goût.

Maman paraît ennuyée et je ne me sens pas très à l'aise. Mais enfin, si elle tient à de pareilles broutilles, pas plus grosses que mon ongle, il ne faut pas qu'elle les laisse traîner !

Pour vérifier, je vais examiner l'endroit qu'elle désigne et je le renifle. Comme je suis encore jeune à cette époque, mon museau arrive juste au-dessus de la table. J'ai l'impression que maman l'a remarqué aussi, parce qu'elle me regarde d'un drôle d'air.

Enfin, elle articule en élevant de plus en plus la voix :

– Pupuce… Est-ce que par hasard tu n'aurais pas…

Je rentre la tête dans les épaules. Profil bas. J'essaie de me faire tout petit tout petit.

Les poings sur les hanches, maman hoche la tête lentement, plusieurs fois de suite, sans cesser de me fixer. Je ne sais pas comment elle a deviné que c'est moi qui suis responsable de la disparition de la bague. Un sixième sens, je vous dis !

Elle ne m'a pas donné de fessée. Elle m'a fait la morale d'un air scandalisé, et c'était pire que tout. Le genre de phrase qui monte et qui commence par « C'est toi qui as... »

Je crois que je préfère encore un bon coup de journal de papa. Je me sens malheureux, terriblement malheureux.

Je file chercher refuge sur mon coussin et je montre bien comment je suis sage, super-sage. Plus sage, ça n'existe pas.

Malgré cela, j'entends papa qui dit :

– Maintenant, il y a intérêt à le surveiller de près, qu'il n'aille pas poser sa crotte n'importe où !

D'abord, je ne pose pas ma crotte n'importe où : je m'arrange pour la faire dans un endroit discret, le plus loin possible de chez nous. Ensuite, je ne vois pas pourquoi on me surveillerait de près, puisqu'il n'y a plus aucune bague à manger, dans cette maison !

Pendant des jours et des jours, j'ai été privé de sortie ! Tout ça pour un malheureux caillou ! J'ai dû faire mes crottes dans le jardin, et je déteste ça. Après, ils allaient regarder la crotte et la triturer avec un bout de bois. C'était à la limite du choquant. Enfin, un jour, au bout du bâton, papa a soulevé la bague de fiançailles. Il l'avait retrouvée dans une crotte, dis donc ! Dans une crotte ! Alors là, je n'ai rien compris.

Après, j'ai eu droit de sortir et d'aller piquer mon caca où je voulais. La vie de famille a de ces mystères…

Je ne sais pas si c'est à cause de cette privation de liberté mais, en tout cas, deux jours après l'affaire de la bague, il y eut celle de la mare.

Beaucoup plus terrible.

J'en ai marre des mares

Papa venait d'ouvrir la porte du garage sans prendre garde que j'étais dans la voiture. Ça m'arrive souvent : quand il bricole au garage, je vais avec lui et je m'allonge sur les coussins. C'est plus confortable que le ciment. Papa laisse la portière ouverte pour me permettre de monter et de descendre selon mon humeur.

Donc, j'étais là, sur le siège arrière, lorsque papa a fait coulisser la porte qui donne sur le devant de la maison. Tiens! Je regarde…

Hé! voilà qu'il sort du garage et disparaît dans l'appentis. J'hésite un instant. À vrai dire, il me prend à l'improviste au milieu de ma sieste, je n'ai donc que très moyennement envie de m'échapper. Une porte grande ouverte sur la liberté, je ne peux pourtant pas laisser passer ça!

Un coup d'œil à droite et à gauche, quelques pas à l'extérieur… Personne à l'horizon.

Et woup! À moi les grands espaces!

Notre maison se trouve au bout du village, à l'orée de la forêt, et les grands espaces ne manquent pas. Pourtant, ma première opération est toujours de filer vers le village pour essayer de trouver de la compagnie (j'adore la compagnie).

Manque de chance, tous mes copains étaient coincés chez eux par des parents plus vigilants que les miens.

Je me suis dit alors qu'il y en avait peut-être quelques-uns qui étaient partis en famille aux champignons, et j'ai poussé une petite reconnaissance dans la forêt.

La forêt, avec ou sans copain, c'est toujours intéressant : on y rencontre des foules d'odeurs étranges, on peut se rouler dans les feuilles, se baigner dans les ornières, on s'amuse beaucoup.

Mon grand plaisir, dans la forêt, est de suivre les traces et, ce jour-là, j'ai découvert une odeur d'animal que je n'avais jamais sentie. Je suis d'un naturel curieux, j'ai donc suivi la piste.

J'étais si occupé à ne pas perdre cette odeur que je ne me suis pas rendu compte que la nuit venait. Je sentais que j'étais tout près... tout près...

J'ai enfin rejoint l'animal en question.

Ouh là ! Si l'odeur était aussi forte, c'est qu'il n'y avait pas qu'une seule bête, mais plusieurs. De très grandes bêtes. Une harde de biches accompagnées d'un cerf dix fois plus gros que moi.

Lorsqu'il m'a vu débouler bêtement au milieu d'eux, le cerf a poussé un cri terrifiant, et les biches ont braillé à leur tour à pleins poumons. Épouvantable. J'ai senti mes poils se hérisser sur mon dos et je me suis enfui à toute vitesse.

Le cerf s'est mis à me poursuivre.
Bon sang! il ne voulait pas me lâcher!
J'entendais son galop derrière moi,
et il faisait résonner le sol sous mes
pattes. Complètement terrorisé, je
courais à fond de train, droit devant.

C'est comme ça que je suis tombé
dans la mare.

Enfin, « la mare », c'est vite dit. Il s'agit presque d'un étang, on s'en rend très bien compte une fois qu'on est dedans. J'ai nagé, nagé. Je ne sais pas si, dans l'affolement, je tournais en rond, en tout cas je n'arrivais pas à atteindre l'autre rive.

J'ai été drôlement soulagé en sentant le sol sous mes pattes. Hélas, en fait de sol, il s'agissait plutôt de vase. Épaisse, gluante. Je m'y enfonçais jusqu'au poitrail. L'horreur. Je n'en pouvais plus. À chaque fois que j'essayais de me hisser sur le bord, je patinais, je retombais dans l'eau. Atroce.

Là, vraiment, j'ai bien cru que ma dernière heure était venue, et que j'allais me noyer bêtement, à deux pas de chez moi.

Quand enfin j'ai réussi à m'en sortir, il faisait nuit noire. J'avais horriblement froid, je tremblais de tous mes membres; c'est à peine si je pouvais ouvrir les yeux tellement la boue me collait partout. Je n'ai pas osé couper par les champs, de peur d'une autre mésaventure, et j'ai donc regagné la maison par le bord de la route, en me garant dans le fossé inondé à chaque fois qu'une voiture passait.

De toute ma vie, jamais je n'ai été aussi soulagé que cette nuit-là en apercevant la maison.

Malgré l'heure tardive, papa et maman n'étaient pas couchés. Par chance, ils avaient laissé la lumière extérieure allumée. Je me suis pointé – pas trop fier, il faut bien l'avouer – et j'ai gratté discrètement à la porte.

Maman a ouvert. Au lieu d'être contente de me retrouver, elle a dit en posant d'un air furieux ses poings sur ses hanches :

– Ah ! te voilà, toi ! Tu as vu l'heure ? Et dans quel état tu t'es mis ! Tu n'es même pas reconnaissable ! Je veux bien croire que c'est toi, seulement à cause de ta manière de gratter la porte comme si tu voulais en arracher la peinture, et à tes yeux de merlan frit, les yeux que tu nous fais après une grosse bêtise, quand tu veux te donner un air innocent. Avec moi, ça ne prend pas, sale voyou ! File dans la baignoire !

Et d'un geste autoritaire, elle m'indique la salle de bain.

Voilà. Au lieu d'être réconforté, j'ai droit à un bain fumant, avec un shampooing d'une odeur affreuse, à vous faire dresser les poils sur la tête, et tenace… Je n'ai plus osé sortir pendant trois jours, de peur que les copains ne se moquent de moi.

– Il y en a marre, de ce chien ! a grogné papa. Tu as eu bien tort de vouloir l'attendre ! Quand il fugue, on devrait le laisser dehors toute la nuit, ça lui ferait les pattes.

– Hum… a répondu maman. Enfin, tu te rends compte, il gèle !

Quand même, par moments, on a un peu de cœur, dans cette famille !

Après ça, j'ai évité la forêt et je n'ai plus fugué, ni fait aucune bêtise pendant au moins un mois.

Bien sûr, ensuite, il y a eu l'histoire du poulet, mais ça, ce n'était pas de ma faute.

Quel crétin, ce poulet !

Pour comprendre l'affaire du poulet, il faut se rappeler que, comme vous avez pu le voir, je ne suis pas très bien considéré dans ma famille. Il y a même des jours où, vraiment, je me demande pour qui ils me prennent.

Par exemple, un matin, j'entends un ramdam pas possible dans le prunier. Je vais aux nouvelles et qu'est-ce que je vois ? Paf ! Un merle qui tombe du nid. Un jeune, avec déjà des plumes, mais pas encore très doué pour le vol.

Comme il est immobilisé sur le sol et qu'il ne peut pas filer dans les airs comme les autres quand ils veulent m'énerver, ça me fait un copain pour jouer. D'abord, je l'ai poussé du nez de-ci, de-là. Il a commencé à galoper sur ses petites pattes maladroites et je me suis lancé à sa poursuite. On rigolait bien. Ne croyez pas que c'était tellement facile pour moi : il se cachait toujours sous des fleurs, dans les branches des groseilliers, et je n'arrivais pas à le coincer.

Tout à coup, il a voulu couper à travers la pelouse et là, en terrain découvert, hop! je l'ai eu. Il manquait vraiment d'expérience! Je l'ai pris dans ma gueule et j'ai fait fièrement le tour du jardin. J'ai gagné! J'ai gagné!

C'est à ce moment-là que la famille au grand complet est sortie. Ils se sont mis tous les quatre à pousser des cris, comme si j'étais en train de commettre un crime horrible.

– Lâche-le! criaient-ils. Lâche tout de suite cet oiseau!

Bon ! Je l'ai déposé par terre et papa l'a ramassé.

– Ça va, a-t-il dit, il n'est pas blessé.

Pas blessé ! Naturellement qu'il n'est pas blessé ! Je ne suis pas un monstre, moi ! Je ne mange pas de merle vivant, moi ! Je voulais juste jouer !

Et les voilà qui me font la morale.

Je vous jure, il y a des jours où il faut une patience… !

Malheureusement pour moi, l'affaire du lendemain n'a rien arrangé, et a même considérablement nui à ma réputation. Et pourtant, vous allez voir, je n'y suis pour rien. Pour rien !

Je ne me rappelle plus bien comment j'avais réussi à filer ce matin-là, il me semble que Julian était seul à la maison, en train de téléphoner à un copain, et qu'il avait laissé la porte de derrière entrouverte. Moi, je suis très raisonnable, mais il ne faut quand même pas me tenter. Il y a des limites à ma résistance.

J'avais donc pris la poudre d'escampette. (Une expression de mamie. Julian, lui, dit « il s'est tiré », papa préfère « il a foutu le camp ». Tout ça c'est pareil.) Profitant qu'il n'y avait pas de vaches dans le champ d'à côté, je suis passé par la campagne. Il faut vite franchir le talus et, une fois là, on est à l'abri des regards.

Pendant un bon moment, j'ai vadrouillé, reniflant les odeurs pour m'assurer qu'il n'y avait rien de nouveau dans les environs. La surveillance, c'est mon métier, non ? J'ajoute que j'ai trouvé une belle bouse de vache, et que je ne me suis même pas roulé dedans : à chaque fois que j'ai pratiqué ce genre d'exercice, j'ai eu droit à un bain en rentrant, et le bain, non merci.

Vous trouverez ça bizarre, mais dans cette famille, ils détestent l'odeur délicieuse de la bouse et ils aiment celle du shampooing.

Donc, ce fameux jour où je ne me suis PAS roulé dans la bouse, je suis arrivé par hasard à la ferme des voisins.

D'ordinaire, j'évite cette ferme : il y a un chien pas sympa du tout, attaché à une chaîne (encore heureux !) et qui gueule en me voyant comme si je voulais lui piquer son coussin.

Il n'en a même pas, de coussin ! Juste une niche dehors. Qu'est-ce qu'il veut que je lui pique, alors ? Sa gamelle ? Tu parles ! Il n'y a que des bouts de pain et de vagues déchets de gras. Je n'en veux pas, moi, de sa gamelle !

Quand elle est en colère contre moi, maman dit qu'elle va faire comme le voisin : m'installer une niche dehors et m'y attacher toute la journée, avec interdiction de mettre les pattes dans la maison. Maman, je la connais, elle lance toujours des menaces affreuses, mais elle ne les met jamais à exécution.

Bon. Revenons à nos poulets. J'arrive à la ferme par-derrière, par le côté où le féroce molosse ne peut ni me voir, ni sentir ma présence.

Les poules et les poulets sont en train de picorer bêtement (ils ne savent rien faire d'autre de la journée).

J'adore les poulets. Quand on leur court après, ils s'enfuient en battant des ailes et en criant comme si on les égorgeait. C'est marrant, surtout que jamais ils n'arrivent à s'envoler.

Donc je débarque et, histoire de mettre un peu d'animation dans leur vie trop bien réglée, je pique un sprint. Tout le monde s'éparpille en caquetant. Une vraie foire ! Je fonce à droite, à gauche. Qu'est-ce qu'on rigole !... Tiens, celui-là, il est comique, encore plus bête que les autres...

Et tac ! Attrapé ! Je t'ai eu !

Le poulet n'a rien dit. Même pas « cot ». Il était allongé par terre et il ne bougeait plus. J'en étais scié. Alors là, ce n'était plus amusant du tout !

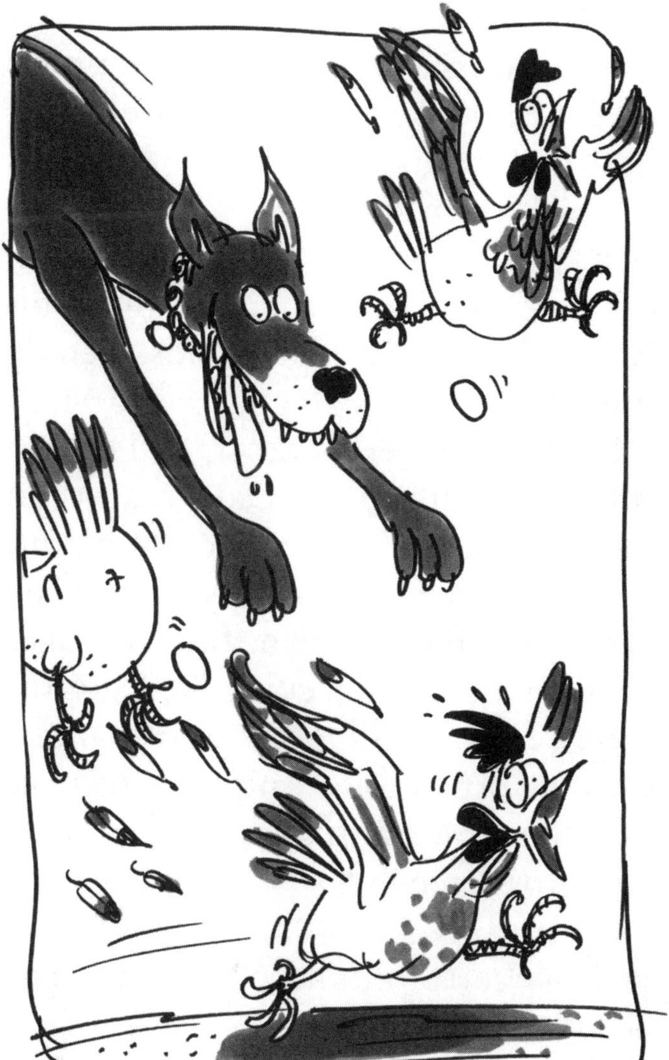

Je le pousse avec mon museau pour qu'il se relève et qu'il recommence à courir. Il refuse de bouger. Mauvais joueur! Ça m'ennuie quand même un peu, parce qu'il n'a pas l'air dans son assiette. Mais enfin, je l'ai immobilisé en lui tombant sur le dos, rien de plus!

Là-dessus le fermier sort, et il pousse des cris abominables. Dans ces cas un peu délicats, la queue entre les pattes, je file en vitesse à la maison et je me réfugie sur mon coussin. Très très sage.

Julian me jette un coup d'œil surpris, puis il fronce les sourcils et me lance :

– Dis donc, toi, tu n'aurais pas fait une connerie, par hasard? (Julian parle très grossièrement.)

Moi?

Dans cette famille, ils m'énervent avec leur sixième sens.

Ça n'a pas traîné. Le voisin est arrivé furieux, il a prétendu que je lui avais tué un poulet. L'échine brisée, qu'il disait. Mais enfin, ses poulets, ils n'ont qu'à être plus solides ! Il ne leur donne pas assez à manger, voilà tout.

Résultat, personne ne m'a écouté, personne n'a pris ma défense. On n'a même pas tenu compte du fait que je ne m'étais pas roulé dans la bouse. Je me suis retrouvé en punition au garage.

Remarquez, le garage n'est pas pire que le reste, sauf qu'on s'y sent terriblement seul. On entend les autres qui parlent et qui rient dans la maison, et c'est déprimant.

Une éternité, je suis resté là. Alors que – vous êtes témoins – ce n'était pas du tout de ma faute. On préfère me punir sans chercher à comprendre. Personne ne m'aime. La cinquième roue du carrosse, voilà ce que je suis.

Enfin, ils ont fini par m'ouvrir la porte, en y allant encore de leur morale : que je n'étais qu'un affreux voyou, que je n'avais pas intérêt à recommencer un coup pareil. Et cetera et cetera.

Je n'ai pas dit un mot. Je me suis rendu droit sur mon coussin enfin retrouvé, et je me suis roulé en boule. Et là, je leur ai fait un peu la tronche. Parce qu'il ne faut pas exagérer, quand même !

L'art de la fugue

Comme vous l'avez compris, je n'ai pas le droit de sortir seul. Ils prétendent que la loi l'interdit et qu'en plus je ne fais que des bêtises. Sidérant!

Passons...

Il faut donc que quelqu'un me sorte. Généralement, c'est papa. Quelquefois c'est maman et, de temps en temps seulement, Julian.

Quant à Coline, il paraît qu'elle est trop petite, que je suis trop fou et que je serais capable de la faire tomber.

Moi ?

Je trouve ça dommage, parce que je suis sûr qu'elle me laisserait manger ces délices qu'ils appellent « cochonneries » et qui traînent par terre.

Avec papa et maman, pas question de jouer les imbéciles pendant la promenade : c'est l'ordre militaire. Les choses auxquelles on a droit, les choses auxquelles on n'a pas droit. Jugulaire-jugulaire.

Avec Julian, c'est plus cool. Dommage que ce soit si rare. S'il est affalé dans un fauteuil à regarder la télé et que maman lui propose :

– Tiens, puisque tu n'as rien à faire, sors donc Pupuce !

Il répond aussitôt :

– Ah ben non, j'ai mon devoir d'allemand à finir. J'y allais, là…

Quel faux jeton ! Après, je passe devant sa chambre pour jeter un coup d'œil discret : il a ses écouteurs sur les oreilles et il bat la mesure avec la tête en se balançant sur sa chaise. Devoir d'allemand, mon œil !

À chaque fois qu'il faut me sortir, on a droit à un concert de soupirs et de grincements de dents, sans parler des conversations édifiantes du genre :

– Tu ne veux pas y aller toi ?

– Eh ! Oh ! J'y suis déjà allé ce midi. Peut-être que Julian...
– Ah non alors !

Moi, la laisse dans la gueule, assis sur le paillasson, j'attends. Sage comme une image.

Mais enfin, si c'est si compliqué, ils n'ont qu'à me laisser sortir tout seul ! Et puis, qui est-ce qui ne veut pas que je fasse mes besoins dans la maison ? C'est bien eux, non ?

En plus, il y a toujours quelqu'un pour dire :

– Il n'y a qu'à le mettre juste dans le jardin.

Ah non ! Ça, ce n'est pas de jeu ! Je veux aller me promener loin, moi. Il me faut de l'exercice !

Parfois pourtant, Julian prend les devants :

– Bon, ben je vais balader le chien.

Je connais ce coup-là : il vient d'apercevoir Fanny sur la route, et il veut faire un bout de chemin avec elle sans avoir l'air de rien. (« Tiens ! Salut Fanny. Justement, je sortais Pupuce. »)

Tu parles !

Moi, je ne me plains pas : ça m'arrange. Julian est trop occupé à s'entraîner à ses plus beaux sourires pour faire attention à moi. J'en profite pour ratisser le bord de la route et me taper toutes les saloperies possibles (allons bon, voilà que je parle comme Julian!).

Malheureusement, après, je ne me sens pas toujours très bien... Là, je vous conseille de vous reporter au passage : « quand j'ai envie de vomir ».

Bien sûr, pour sortir, il y a d'autres méthodes, un peu plus risquées mais très agréables. Maman appelle ça « l'art de la fugue », ou encore « l'art de filer en douce ».

Pour filer en douce, plusieurs techniques se présentent à vous, dont la plus simple est celle dite « du facteur ». Hélas, on ne peut pas l'utiliser très souvent parce que, la plupart du temps, le facteur met simplement le courrier dans la boîte à lettres.

Quand par chance il sonne, on lui ouvre la porte.

Il lance :

– Il me faut une petite signature, pour un recommandé !

Ça signifie que je dois me tenir prêt. Il faut profiter du moment où maman écrit quelque chose sur le papier qu'il lui tend, pour me glisser par la porte. Là, il suffit de tourner immédiatement à droite, de longer le mur à l'abri des regards, et hop ! Salut la compagnie !

Ah là là ! Je me rends compte qu'à la maison, finalement, il y avait de bons moments. Surtout que je connais des trucs imparables pour arriver à mes fins. Plein de trucs. Par exemple la manière de se payer une bonne soirée-télé.

Hurlements en tout genre

La télé, ça peut être super si on sait s'y prendre. Tous les soirs, papa et maman s'assoient devant pour regarder les informations. Les enfants n'y ont pas droit après vingt heures. Là, curieusement, il y a du racisme anti-enfants, pas anti-chien. Chacun son tour!

Quelquefois je regarde, quand les images sont bonnes (il arrive qu'on voie très distinctement des animaux, qu'on entende des chiens aboyer), mais, la plupart du temps, ça fait juste des taches qui bougent. Sans intérêt. Je ne comprends pas comment on peut passer des heures là-devant. En plus, on y entend parfois des hurlements insupportables qui vous tirent du sommeil d'un coup, avec d'affreuses palpitations.

Vous vous demandez pourquoi j'aime la télé, alors ? À cause du canapé, pardi ! Pour regarder la télé, on s'assoit sur le canapé. Et là, c'est moelleux, confortable, chaud, doux…

Malheureusement, on n'y a pas toujours droit, et – vu mon expérience – je me permets de donner aux chiens qui me liraient quelques conseils pour s'y faire admettre.

Il y a plusieurs impératifs à respecter : d'abord, il faut avoir l'air très malheureux par terre. Ensuite, il faut insister. Poser sa tête sur les genoux de maman, donner la patte à papa, s'asseoir sur ses pieds. Après, il faut procéder par petites touches :

• Premièrement, poser le bout de la patte sur le bord, puis l'autre patte entière.

• Deuxièmement, se hisser un peu, jusqu'à avoir la moitié du corps sur le canapé.

À ce moment, on risque d'entendre une de ces deux phrases :

– Qu'est-ce que tu fais là ? Il n'en est pas question ! Tu restes par terre.

(Et c'est raté.)

Ou :

– Eh bien dis donc, toi, il ne faut pas te gêner !

Là, ce n'est pas trop mauvais. Alors, vous faites les yeux de pervenche, et il est possible que vous entendiez les mots magiques :

– Bon, ça va, tu peux venir.

Sinon, vous aurez peut-être à profiter d'un moment d'inattention pour poursuivre votre avancée en catimini, et quand on s'apercevra que vous êtes si sagement installé, on n'aura pas le cœur de vous jeter.

Comme vous le voyez, la manœuvre est assez compliquée; cependant, si vous avez réussi à vous faire admettre deux ou trois fois, en principe c'est gagné pour la vie. Sauf cas particulier : s'il y a des invités, par exemple, ou si vous avez les pattes mouillées. Là, c'est galère, et même carrément mission impossible.

Ah! Le canapé! Quand j'y songe, ça me fend le cœur, parce que je les imagine là-bas, tranquillement installés, et sans doute bien contents que je ne sois plus là pour prendre toute la place, faire des pets qui puent et m'agiter « aux moments les plus importants du film ».

Bon. Pour éviter de m'apitoyer, il vaut mieux que je pense à autre chose, des choses pas marrantes... Flavie, par exemple. Cette Flavie est une copine de Coline. Une folle. Depuis notre première rencontre, rien n'a marché entre nous. À l'instant où elle a mis le pied dans la maison, elle m'a aperçu et elle a aussitôt commencé à hurler, encore plus fort que la télé.

– Ah! le chien! J'ai peur des chiens!

Allons bon! Coline et moi on s'est regardés. On était un peu embêtés.

Voilà qu'elle recommence :

– Je veux m'en aller! Je veux m'en aller!

J'étais franchement estomaqué. Comment est-ce que moi, quatre-vingts centimètres au garrot, soixante kilos, un regard d'ange, je pouvais faire cet effet-là?

Coline a pris ma défense :
- Il ne va rien te faire. D'ailleurs, il a déjà mangé.

Ça, c'est son humour.

Flavie n'a aucun sens de l'humour. Elle s'est mise à reculer vers la porte en poussant des cris hystériques.

Alors je me suis approché et je lui ai donné un petit coup de langue sur la figure pour lui montrer que j'étais juste un copain comme un autre, et qu'il était inutile de nous vriller les oreilles avec ses cris perçants.

Ça n'a servi à rien, au contraire. Elle a hurlé de plus belle, comme un chat qui vient de se coincer la queue dans une porte.

Du coup, Coline s'est tournée vers moi et elle m'a dit :

– Bon, ça suffit, toi. File dans ton coin.

Alors ça c'est un peu fort ! Je n'ai rien fait, moi ! Rien du tout ! Excusez-moi d'exister.

– Enferme-le ! braille Flavie. Enferme-le !

Quoi ? C'est elle qui hurle et c'est moi qu'on doit enfermer ? Elle est malade, complètement malade !

Alors là – vous aurez du mal à croire à pareille injustice – Coline opte pour une copine à moitié folle, de préférence à un chien pacifique et sain d'esprit. Elle y met un peu les formes quand même, elle s'excuse et elle me tapote les flancs, toutefois le résultat est là : c'est moi qu'elle enferme dans la cuisine !

Quand elle me libère enfin – une éternité après – elle s'excuse encore. Mais moi, rien à faire. Je ne lui lance pas un regard. Je boude pendant au moins une heure. Non mais !

Attention ! Il faut rester prudent et ne pas bouder trop longtemps, sinon, c'est comme quand on fugue : on risque de rater quelque chose. Ça m'est déjà arrivé, ce coup-là, et croyez-moi, c'est rageant !

Un départ à ne pas rater

Un jour, j'ai pris la clé des champs pendant qu'ils regardaient ailleurs, histoire de faire un petit tour dans le bourg pour voir les copains, et, quand je suis revenu à la maison, plus de voiture ! Ils avaient profité de mon absence pour filer en douce.

Des heures après, ils sont revenus ! Et, en plus, au lieu de s'excuser, qu'est-ce qu'ils ont dit ?

– Eh bien, toi, où étais-tu passé ? On t'a attendu au moins une heure.

Une heure, tu parles ! Je n'en crois pas un mot. Ils ont ajouté :

– ... Ça te fera les pattes, on est allé au bord de la mer sans toi.

Ah les brutes ! Au bord de la mer ! Et ils me l'ont annoncé comme ça ! Des sans-cœur, je vous le dis.

Depuis, j'hésite un peu à m'éclipser trop longtemps, et je vérifie qu'ils n'ont pas l'intention de sortir. Par exemple, maman a ses chaussons aux pieds et elle met du linge dans la machine ; papa a ouvert le capot de la voiture et enfilé sa blouse grise. La blouse grise est une excellente garantie : il ne quitte jamais la maison avec.

Un départ qu'il ne faut surtout pas manquer, c'est le départ en vacances, mais il faudrait vraiment être débile pour se laisser avoir. Ça s'annonce deux jours avant, par l'apparition des valises dans les chambres. Alors là, plus question de fuguer en solo, même si je vois un copain passer dans la rue.

Tant que les valises sont dans les chambres, il faut garder l'œil ouvert sans toutefois trop s'inquiéter. Par contre, dès qu'elles se pointent dans le hall, alerte maximum ! Et au moment précis où papa met la première valise dans le coffre, je suis là.

Je monte dans la voiture, je m'assois à l'arrière et je n'en bouge plus. Le ciel pourrait s'écrouler sur nous, ma copine Jessica faire la danse du ventre, maman verser des croquettes dans ma gamelle, je ne bougerais pas.

Papa hausse les épaules :

– Mais enfin, Pupuce, tu as tout le temps d'aller manger, on ne part qu'en fin d'après-midi et on ne risque pas de t'oublier !

Tiens ! Deux précautions valent mieux qu'une. Moi, on ne me la fait pas.

Je ne sais pas pourquoi je tiens tellement à partir avec eux, d'ailleurs, parce que les voyages, ce n'est pas franchement confortable.

Dans la voiture, je suis hélas fréquemment victime du racisme ambiant et, pendant que les autres se prélassent sur les banquettes, moi je voyage par terre aux pieds de maman. L'espace est minuscule, tellement ridiculement minuscule qu'à chaque fois que je veux bouger, je suis obligé de m'organiser avec maman pour qu'elle change la place de ses pieds.

Il paraît qu'il est plus prudent d'installer les chiens par terre, pour qu'ils ne risquent pas de voltiger en cas de choc. Et eux ? Ils voyagent par terre, peut-être ? Tout ça, c'est des excuses.

Parfois, quand le trajet est vraiment trop long, on me permet d'aller sur le siège arrière avec Coline et Julian, et là, c'est la lutte pour la vie. Ce n'est pas de ma faute si je suis grand et qu'il me faut de l'espace !

Coline et Julian me repoussent sans arrêt. Des égoïstes : toute la place pour eux, rien pour les autres ! Coline prétend que je n'arrête pas de bouger (elle ne s'est pas vue !), et Julian me reprend pied à pied le terrain que j'arrive à conquérir sur lui.

Pourtant, moi, pour que je sois bien à l'aise, il suffirait qu'il se colle contre la portière. Ce n'est pas difficile, quand même ! Eh bien non, il ne veut pas, et quand j'arrive à m'étirer de tout mon long à peu près confortablement, il râle :

– Non mais il est pas vrai, ce chien !

– Cessez de vous disputer ! dit maman.

Mais enfin, je ne me dispute pas, moi ! C'est lui !

Des tentes pour la détente

Le plus amusant, dans les vacances, c'est le camping.

On habite dans une tente. Il n'y a pas des tas de pièces comme à la maison, juste deux espaces – un endroit où on dort et un endroit où on mange – à peine plus grands que mon coussin (d'ailleurs, mon coussin, on ne l'emporte pas, il remplirait en entier le coffre de la voiture).

Ce qui est très amusant dans le camping, c'est qu'on dort tous dans la même pièce. Évidemment – ne rêvons pas ! – les autres ont des matelas, qu'ils appellent « pneumatiques », et moi juste une couverture par terre. Le genre d'injustice révoltante dont je vous ai déjà parlé.

Toutefois, j'ai une technique pas mauvaise pour rétablir la situation.

À cause du manque de place de ce type d'habitat, ma couverture se trouve au pied du matelas des parents. Génial. Je me couche d'abord sagement, et puis j'attends que tout le monde soit endormi.

Alors, je me glisse discrètement sur le matelas de papa et maman : d'abord la tête, et puis, s'il n'y a pas de protestations, je joue des coudes pour avancer.

Je pose mes pattes sur les pieds de maman, puis le museau et, de proche en proche, j'arrive à être sur elle jusqu'au ventre. Je pèse de tout mon poids.

Là, généralement, maman se réveille et elle râle à voix basse :

– Pupuce ! Enlève-toi de là, tu m'écrases !

Moi, je n'entends rien, puisque je dors.

Elle essaye de bouger ses pieds coincés sous mon ventre, mais moi, je ne sens rien, puisque je dors.

Enfin, elle a la flemme de se battre plus longtemps et elle ne veut pas réveiller tout le monde, alors elle se décide à retirer ses pieds et à se rouler en boule. Bon. J'ai le bout du matelas pour moi.

Seulement voilà : au petit matin, il ne fait pas si chaud que ça au bout du matelas et moi, évidemment, je n'ai pas de duvet. Et puis, je n'aime pas être tout seul, comme ça, quand je vois que je peux faire autrement. Alors je rampe subrepticement entre le duvet de papa et celui de maman. Je m'enfile, je m'enfile, je pousse discrètement de chaque côté, avec un savoir-faire bien éprouvé qui les oblige à reculer sans s'en apercevoir, et je m'installe.

Super-confortable !

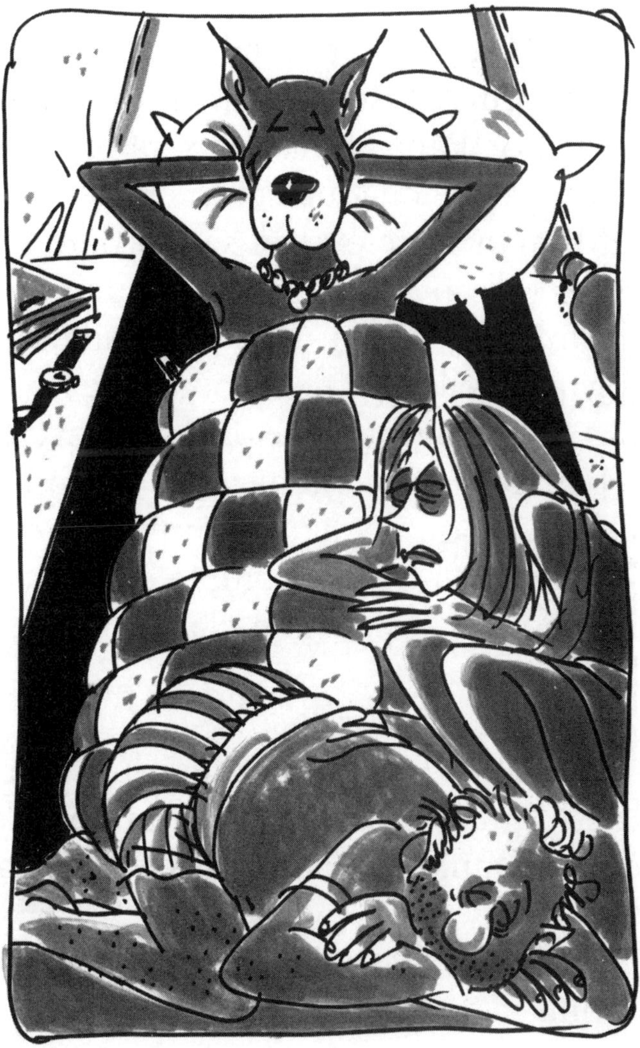

Au lever du jour, je m'aperçois qu'il n'y a plus personne sur le matelas. Que moi. Papa et maman sont tombés par terre, de chaque côté.

Maman se relève en se frottant les côtes (elle n'a aucune technique pour dormir sur le sol). Elle me fusille du regard et elle souffle à voix basse :

– Bon sang, Pupuce, tu exagères !

J'ouvre péniblement un œil. Quoi ? Qu'est-ce qu'il y a ? Je dormais, moi ! Je ne me suis rendu compte de rien !

Papa me donne une claque sur les fesses :

– File d'ici en vitesse !

Ouah ! Je bondis au pied du matelas. Maman ouvre la fermeture éclair de la chambre et je me glisse dans la cuisine.

Et de là... Pouf ! dehors ! Ni vu ni connu.

C'est ahurissant : les tentes, ça ne possède même pas de porte avec une poignée qui vous empêche d'aller et venir. Il suffit que je me faufile sous la toile pour me retrouver à l'extérieur. D'une facilité déconcertante.

Je fais mon petit tour au soleil levant. Je suis tout seul dans le terrain de camping. Personne n'est levé. Les gens sont excessivement paresseux. Moi, je ne m'en plains pas. Je vaque.

Après, il y a parfois des histoires : un voisin qui vient rapporter que j'ai fait pipi sur le coin de sa tente. Et alors ? Il faut bien trouver un endroit pour lever la patte : il n'y a pas un arbre, dans ce camping! Et d'ailleurs, ce n'est pas moi qui ai commencé, j'ai senti une autre odeur de pipi, alors j'ai évidemment été obligé d'ajouter la mienne, c'est la moindre des corrections.

La voisine de derrière vient raconter que j'ai liquidé la gamelle de son chien-chien chéri. Et alors? Il n'avait plus faim. On ne peut pas laisser perdre tout ça!

Avant-hier, après quelques exploits de ce genre, papa et maman ont été furieux contre moi et ils m'ont attaché à une corde devant la tente.

Scandaleux! La corde était assez longue pour que je puisse aller m'allonger à l'ombre de la voiture ou revenir dans la cuisine avec eux, mais tout de même!

Alors, j'ai fait un peu l'imbécile : j'entrais dans la tente par une ouverture, je ressortais par-dessous la toile, je rentrais, je ressortais. Au bout de trois tours, la corde était complètement enroulée autour des piquets et la tente menaçait de s'écrouler.

En renouvelant l'opération quatre ou cinq fois de suite, je suis parvenu à mes fins : on m'a détaché. Papa et maman, on finit toujours par les avoir à l'usure.

Ils m'ont évidemment fait un peu la morale : je n'avais pas intérêt à m'éloigner de la tente, sinon, c'était les coups de pied au derrière.

Les menaces, je relativise.

Bon. Je raconte ça en rigolant, mais en fait, je n'ai plus du tout envie de rire. Vous allez comprendre pourquoi.

Pas de chance, Pupuce!

Hier, j'ai fait celui qui était peinard en train de piquer un roupillon à l'ombre de la voiture, et j'ai profité du moment où ils parlaient avec les voisins pour me glisser discrètement entre les tentes. Hop! En moins de temps qu'il n'en faut pour le dire, plus personne!

Coline et Julian étant à la piscine, aucun risque non plus de ce côté-là.

Dès que j'ai été hors de vue, j'ai filé le plus vite possible pour qu'on ne puisse pas me rattraper et surtout que je ne les entende pas crier :

– Pupuce ! Reviens ici !

Parce que, même si ça ne me fait pas revenir, ça me donne mauvaise conscience.

Bon. Finalement ma balade ne s'est pas vraiment bien passée : j'avais couru trop vite et trop loin, j'avais poursuivi un lièvre dans un champ, j'avais détalé parce que des vaches m'attaquaient, et puis, tout d'un coup, voilà que bêtement je ne me rappelais absolument plus comment retourner à ce maudit camping.

Je n'en menais pas large. Je ne savais plus où j'étais et, en plus, j'avais sauté l'heure du repas. Je ne peux pas sauter un repas : si je ne mange pas régulièrement, je me sens faible et de mauvais poil.

J'ai tourné des heures et des heures dans la montagne avec l'estomac en vrille, et enfin j'ai aperçu une maison. Sauvé ! Le portail était ouvert et je suis entré dans le jardin. Il y avait là deux dames. J'ai voulu leur dire que je m'étais perdu, mais elles se sont mises à crier :

– Va-t'en de là ! Va-t'en de là ! en faisant des gestes idiots avec leurs mains.

Moi, j'ai insisté : mais enfin, je suis perdu !

– Fiche le camp ! Bon sang ! Je parie que c'est le chien qui nous a tué le lapin.

Quel lapin ? Je n'ai rien à voir avec ça et je m'en fiche de vos lapins, je suis juste perdu.

Je m'approche à petits pas pour leur montrer que je suis fatigué et que j'ai très faim. Elles ne comprennent rien du tout. Dans ma famille, ils ont bien des défauts, pourtant, si je les regarde d'une certaine façon, ils savent immédiatement que j'ai faim, ou soif, ou envie de pipi. Les deux affreuses, là, elles sont complètement bouchées. Elles continuent leurs histoires de tueur de lapin, de chiens vagabonds, de gendarmes, de fourrière. Je ne sais plus quoi faire.

Je regarde autour si je vois d'autres maisons, habitées par des gens normaux. Un vrai désert. Alors je m'assois. C'est une leçon que j'ai apprise avec Flavie-la-hurleuse. Quand les gens crient sur vous sans raison aucune – sans que vous ayez piétiné les fleurs, ou déchiqueté un billet de vingt euros, ou levé la patte sur une chaussure – il faut s'asseoir et ne plus bouger. Ça les calme.

En fait de les calmer, ça les a calmées, oui. Elles sont rentrées en vitesse dans la maison en me plantant là et, par la fenêtre, je les ai vues téléphoner.

Du temps a passé, elles se contentaient de me regarder à travers les carreaux et j'avais beau prendre mes yeux malheureux – ceux que mamie appelle mes « yeux craquants » –, elles ne faisaient pas mine de vouloir me donner à manger.

Au bout d'un moment, une voiture est arrivée. Ça m'a redonné de l'espoir. Un monsieur est descendu. Il sentait bon le chien. Il m'a parlé gentiment. Lui, il était moins bête que les deux dames. Il m'a dit :

– Tu t'es perdu ?

Et puis il a regardé mon collier, et il a remarqué :

– Ah ! Pas de chance, tu n'as plus ton adresse.

C'est vrai, maman a accroché à mon collier un petit tube contenant mon adresse, malheureusement ce truc se dévisse tout le temps et je l'ai déjà perdu deux fois. Je ne sais pas à quoi ça sert, l'adresse, mais je sens au ton du monsieur qu'il est embêtant, et même grave, de ne pas l'avoir.

Ensuite, le monsieur-qui-sent-le-chien m'a demandé de monter à l'arrière de sa voiture qui sent le chien aussi. Ou plutôt qui sent *les* chiens. Parce qu'il y a tellement d'odeurs là-dedans, que c'est à vous tourner la tête.

Quand la portière a claqué, je me suis aperçu qu'il n'y avait aucune fenêtre et pas la moindre banquette pour s'allonger.

Voilà. Je suis passé tout droit de cette maudite voiture à cette maudite cage. L'affaire de la mare, à côté, c'était du pipi de chat. On m'a versé dans une gamelle des croquettes infectes, celles que je n'aime pas. Maman, au moins, elle le sait, que je les déteste, et elle ne m'en donne jamais.

Ici, ils ne savent rien du tout. Je m'en fiche, je n'ai pas faim. Ça me fait drôle, je crois que c'est la première fois de ma vie que je ne saute pas sur une gamelle. Je soupire.

Et dire que, quand j'ai filé, ils ne se sont rendu compte de rien !

Coline et Julian ? Ils étaient à la piscine. À la piscine ! En me laissant à la tente, ces égoïstes ! Papa et maman, eux, ils étaient là et bien là. À trois mètres ! Et qu'est-ce qu'ils faisaient pendant ce temps-là ? Ils discutaient ! Vous croyez qu'ils m'auraient attaché ?

Vous croyez qu'il y en aurait eu un qui se serait retourné pour me surveiller ? Pas le moins du monde ! Personne pour me crier :

– Pupuce, tu restes là !

Personne ne m'aime. Tout le monde se moque pas mal de moi. Je suis la cinquième roue du carrosse.

Quelle bêtise d'avoir fait une si grosse bêtise !

Misère de misère ! Pourquoi est-ce que j'ai eu l'idée idiote de filer ? J'ai bien peur d'avoir fait la plus grosse bêtise de ma vie.

Comme je regrette mon petit coussin douillet, les grattouilles sous le cou, les balades en voiture et même – un comble – les coups de journal sur les fesses !

Maintenant, je suis là, dans cet endroit affreux où les pièces sont minuscules et les portes en barreaux, tout seul, abandonné.

Enfin, pas vraiment tout seul, mais c'est encore pire : autour de moi, je ne vois que des chiens qui dépriment. Garder le moral dans ces conditions, c'est dur.

Et d'ailleurs, je dois bien l'avouer, je n'ai pas le moral.

Je l'ai entendu, le monsieur-qui-sent-le-chien, il a dit à une dame :

– Celui-là, aucune identité. On ne sait même pas comment il s'appelle.

Moi ? Je m'appelle Pup… euh… Hilaire du Harcouët. Ce n'est pas sorcier !

Ensuite, ils ont dit que j'étais un beau chien de race (j'étais un peu fier), apparemment bien traité (couci-couça : ils n'ont jamais vu les bagarres à l'arrière de la voiture), bien nourri (n'importe quoi ! Je n'ai rien avalé depuis hier !).

Ils ont dit aussi que grâce à mon tatouage ils ont retrouvé mon adresse, et qu'ils ont téléphoné ; malheureusement mes maîtres étaient absents.

Rien compris. Je ne sais pas ce que c'est qu'un tatouage, ni des maîtres.

Moi, j'aurais bien voulu qu'ils retrouvent ma famille, mais ils n'ont pas l'air de s'en préoccuper. La dame a tapé des choses sur un ordinateur, c'est tout.

Depuis, je me morfonds ici. C'est fini. Je vais passer le reste de ma vie derrière les barreaux, je ne retrouverai jamais la maison ; parce que la maison, je ne sais pas où elle est, mais en tout cas très, très, très loin. Beaucoup trop loin.

Papa et maman, ils ont dû remonter dans la voiture et retourner chez nous. Maintenant, ils vont être bien tranquilles sans moi. Ils ne vont plus se disputer pour savoir qui va me sortir, ils vont pouvoir s'étaler sur le canapé pour regarder la télé, il n'y aura plus de poils sur la moquette du bureau de papa et plus de traces de boue dans le hall.

Julian va se morfaler la tablette de chocolat en entier et Coline n'aura plus besoin de parlementer pour m'enfermer dans la cuisine quand la hurleuse sera là.

Oh, c'est horrible, horrible, horrible ! Tout le monde va être bien peinard sans moi. Personne n'a besoin de la cinquième roue du carrosse. Je vais me coucher là et me laisser mourir.

Hé ! attendez. Qu'est-ce que j'entends, là ? **C'est le bruit de la voiture de papa, ça !**

C'est le bruit de la voiture de papa, ça !

C'est le bruit de la voiture de papa, ça ! Je la reconnais ! Je la reconnais !

Les portières claquent. J'adore les claquements de portières.

Le monsieur-qui-sent-le-chien dit :

– Vous savez, ça arrive souvent en vacances. Vous avez bien fait de téléphoner directement à la fourrière.

– On a cherché partout, répond papa, on commençait vraiment à s'inquiéter et les enfants en étaient malades.

Pourquoi ils sont malades, Coline et Julian ? Ils ont dû manger trop de chocolat.

Et alors, j'entends la voix de maman qui dit :

– Où est-ce qu'il est, ce voyou ?

Mais je sens qu'elle est quand même contente. Je suis debout contre la porte de ma cage, tout tendu.

Dès qu'ils arrivent, je leur saute dessus et je leur lèche la figure, et tant pis si je me fais gronder. Et ensuite, je file droit vers la voiture, je m'assieds sur le siège arrière et je n'en bouge plus. Oh bon sang! j'ai faim!

L'AUTEUR

Évelyne Brisou-Pellen vit à Rennes. Après des études de lettres, au lieu d'enseigner comme elle l'avait prévu, elle a commencé à écrire... et elle a attrapé le virus.

Aujourd'hui, elle passe ses journées entre des empilements de documents, à concocter des histoires qui font rire, pleurer, rêver, voyager...

Elle a publié de nombreux romans chez Gallimard, Hachette, Nathan, Milan, Pocket, Casterman, Bayard, Flammarion et Rageot entre autres.

☁ L'ILLUSTRATEUR

Loïc Schvartz est né en 1957 à Saint-Brieuc. Après des études d'architecture aux Beaux-Arts de Rennes, il devient dessinateur de presse en 1988.

Il collabore à de nombreux journaux et magazines et a reçu à plusieurs reprises le Trophée Presse-Citron décerné par l'École Estienne. Il est marié, a trois enfants, un chien et deux chats.

Retrouvez la collection
Rageot Romans
sur le site www.rageot.fr

Achevé d'imprimer en France
par CPI - Hérissey à Évreux (Eure) en juillet 2008
Dépôt légal : août 2008
N° d'édition : 4745 - 01
N° d'impression : 108814